# Der Gärtner

RABINDRANATH TAGORE

# DER GÄRTNER

GEDICHTE VON DER LIEBE
UND VOM LEBEN

WERNER KRISTKEITZ VERLAG

Diese Ausgabe basiert auf der von Rabindranath Tagore einzig autorisierten deutschen Ausgabe in der Übersetzung von Hans Effenberger, erschienen im Kurt Wolff Verlag, München 1917. Der Text und seine vom Übersetzer in kaum übertreffbarer Weise wiedergegebene poetische Sprache blieb, wo immer möglich, unverändert. Nur an wenigen Stellen wurden kleine Fehler korrigiert und die Rechtschreibung heutigen Gepflogenheiten behutsam angepasst.



ISBN 978-3-932337-34-5

Internet: www.kristkeitz.de

Für W. B. Yeats

# Vorbemerkung

Die meisten der Gedichte von der Liebe und vom Leben, deren Übertragung aus dem Bengalischen hier veröffentlicht werden, entstanden viel früher als die religiösen Gedichte, die in dem Band Gitanjali (Hohe Lieder) enthalten sind. Die Übersetzung ist nicht immer wörtlich; die ursprünglichen Worte wurden gelegentlich ein wenig gekürzt oder etwas freier wiedergegeben.

Rabindranath Tagore

Diener: Hab Erbarmen mit deinem Diener, Königin! 1

Königin: Vorüber ist das Fest, und alle meine Diener sind gegangen. Warum kommst du zu dieser späten Stunde?

Diener: Hast du die andern fortgeschickt, ist meine Zeit.

Ich komme fragen, was deinem letzten Diener noch zu tun bleibt.

Königin: Was kannst du erwarten, da es zu spät ist?

Diener: Mach mich zum Gärtner deines Blumengartens.

Königin: Welche Torheit!

Diener: Ich will meine alte Arbeit aufgeben.

Ich werfe Schwert und Lanze in den Staub. Schicke mich nicht mehr an ferne Höfe; heiß mich nicht zu neuen Siegen ausziehn. Mach mich zum Gärtner deines Blumengartens.

Königin: Was würden deine Pflichten sein?

Diener: Dir dienen in deinen müßigen Tagen.

Ich will frisch halten den Rasenpfad, auf dem du in den Morgen wandelst, wo Blumen, todes-

süchtig, bei jedem Schritt deine Füße jubelnd grüßen.
Ich will dich schwingen in einer Schaukel unter den Zweigen des Saptaparna*, wo durch das Laub der frühe Abendmond sich mühen wird, dir deines Kleides Saum zu küssen.
Ich will anfüllen mit duftendem Öl die Lampe, die neben deinem Bett brennt, und den Schemel deiner Füße zieren mit Sandel- und Safranpaste in seltsamer Zeichnung.
Königin: Was soll dein Lohn sein?
Diener: Deine kleinen Fäuste halten dürfen wie zarte Lotusknospen und Blumenketten über deine Gelenke streifen; und deiner Füße Sohlen färben dürfen mit dem roten Saft der Ashoka*-blüten und fortküssen das Fleckchen Staub, das dort vielleicht noch zögert.
Königin: Deine Bitten, mein Diener, sind gewährt, du wirst der Gärtner meines Blumengartens sein.

* Mit einem Stern versehene Worte werden am Ende des Buchs erläutert.

»DICHTER, der Abend zieht herauf; dein Haar wird grau. 2
Vernimmst du in deinem einsamen Sinnen Botschaft vom Jenseits?«

»Es ist Abend«, sagte der Dichter, »und ich lausche, weil einer rufen kann vom Dorf, mag es auch spät sein.
Ich wache: ob junge, irrende Herzen sich finden und zwei Paare sehnsüchtiger Augen um Musik betteln, die ihr Schweigen bräche und für sie redete.
Wer soll ihre Leidenschaft zu Liedern weben, wenn ich am Gestade des Lebens sitze und den Tod und das Drüben betrachte?

Der frühe Abendstern verschwindet.
Das Glosen eines Totenfeuers stirbt mählich am schweigenden Fluss.
Schakale heulen im Chor vom Hof des verödeten Hauses, im Licht des erschöpften Mondes.
Wenn da ein Wanderer, sein Heim verlassend, herkäme, die Nacht zu wachen und gebeugten Hauptes dem Murmeln der Dunkelheit zu lauschen, wer sollte ihm die Geheimnisse des Lebens in sein Ohr flüstern, wenn ich, meine Tore schließend, mich frei machen wollte von irdischen Banden?

Es will nicht viel bedeuten, dass mein Haar grau wird.
Ich bin immer so jung oder so alt wie der Jüngste oder der Älteste in diesem Dorf.
Manche haben Lächeln, süß und einfach, und manche ein schlaues Blinzeln in ihren Augen.
Manche haben Tränen, die aufsteigen im Taglicht, und andere Tränen, die im Dunkel verborgen sind.
Sie alle bedürfen meiner, und ich habe keine Zeit, über das Hernach zu brüten.
Ich bin mit allen gleichaltrig, was macht es, wenn mein Haar grau wird?«

AM MORGEN warf ich mein Netz aus ins Meer. 3

Ich hob aus dunklen Tiefen Dinge von seltsamem Aussehn und seltsamer Schönheit – manche leuchteten wie ein Lächeln, manche glänzten wie Tränen, und manche waren von Röte übergossen wie die Wangen einer Braut.

Als ich mit meines Tages Bürde heimkam, saß meine Geliebte im Garten und zerpflückte müßig einer Blume Blätter.

Ich zauderte eine Weile, und dann legte ich ihr alles zu Füßen, was ich gehoben hatte, und stand schweigsam.

Ihr Blick fiel darauf und sie sagte: »Was für seltsame Dinge sind das? Ich weiß nicht, wozu sie nützen!«

Ich neigte mein Haupt in Scham und dachte: »Dies alles habe ich nicht im Kampf erworben, ich habe es nicht auf dem Markt gekauft; es sind keine rechten Geschenke für sie.«

Dann warf ich die ganze lange Nacht eins ums andere auf die Straße.

Am Morgen kamen Wanderer; die lasen's auf und trugen es in fremde Länder.

4 ACH, WARUM bauten sie mein Haus an die Straße nach dem Marktflecken?
Sie legen mit ihren beladenen Booten an bei meinen Bäumen.
Sie kommen und gehen und wandern nach ihrem Gefallen.
Ich sitze und schaue ihnen zu; mein Leben verrinnt.
Sie fortweisen kann ich nicht. Und so gehen meine Tage dahin.

Nacht und Tag hallen ihre Schritte vor meiner Tür.
Umsonst rufe ich: »Ich kenne euch nicht.«
In einigen von ihnen spüren meine Finger Bekannte, in andern meine Nüstern, das Blut in meinen Adern scheint sie zu kennen, und manche sind meinen Träumen vertraut.
Sie fortweisen kann ich nicht. Ich rufe sie und sage: »Komm in mein Haus, wer von euch mag. Ja, kommt!«

Am Morgen erklingt die Glocke vom Tempel.
Sie kommen mit ihren Körben in den Händen.
Ihre Füße sind wie Rosen gerötet. Das frühe Licht der Dämmerung liegt auf ihren Gesichtern.

Sie fortweisen kann ich nicht. Ich rufe sie und ich sage: »Kommt in meinen Garten, Blumen pflücken. Kommt her!«

Am Mittag tönt der Gong am Tor des Palastes.
Ich weiß nicht, warum sie ihre Arbeit verlassen und an meiner Hecke herumstehn.
Die Blumen in ihrem Haar sind fahl und welk.
Die Töne ihrer Flöten klingen matt.
Sie fortweisen kann ich nicht. Ich rufe sie und sage: »Der Schatten ist kühl unter meinen Bäumen. Kommt, Freunde!«

Nachts zirpen die Grillen in den Wäldern.
Wer ist es, der da langsam an meine Tür kommt und leise pocht?
Ich sehe das Gesicht kaum, kein Wort wird laut, die Stille des Himmels ist über allem.
Meinen schweigenden Gast fortweisen kann ich nicht. Ich schaue durch das Dunkel in sein Antlitz und träume, während die Stunden verrinnen.

5 ICH BIN FRIEDLOS. Ich bin durstig nach fernen Dingen.
Meine Seele schweift in Sehnsucht, den Saum der dunklen Weite zu berühren.
O großes Jenseits, o ungestümes Rufen deiner Flöte!
Ich vergesse, ich vergesse immer, dass ich keine Schwingen zum Fliegen habe, dass ich an dieses Stück Erde gefesselt bin für alle Zeit.

Ich bin schlaflos und voll Sehnsucht, ich bin ein Fremder in fremdem Land.
Dein Odem kommt zu mir und raunt mir unmögliche Hoffnungen zu.
Deine Sprache klingt meinem Herzen vertraut wie seine eigene.
O Ziel in Fernen, o ungestümes Rufen deiner Flöte!
Ich vergesse, ich vergesse immer, dass ich den Weg nicht weiß, dass ich das geflügelte Ross nicht habe.

Ich bin ruhelos, ich bin ein Wanderer in meinem Herzen.
Im sonnigen Nebel der zögernden Stunden, welch gewaltiges Gesicht von dir wird Gestalt in der Bläue des Himmels!

O fernstes Ziel, o ungestümes Rufen deiner Flöte!

Ich vergesse, ich vergesse immer, dass die Türen überall verschlossen sind in dem Haus, wo ich einsam wohne.

6 DER ZAHME VOGEL war in einem Käfig, der freie Vogel war im Wald.
Als ihre Zeit gekommen war, trafen sie sich; so wollte es das Schicksal.
Der freie Vogel ruft: »O Liebster, lass uns zum Wald fliegen.«
Der Vogel im Käfig zwitschert: »Komm her, lass uns beisammen im Käfig leben.«
Sagt der freie Vogel: »Wo ist denn Platz hinter Stäben, seine Flügel zu spreiten?«
»Ach«, ruft der Vogel im Käfig, »wo sollte ich mich in den Lüften ausruhn ohne Stange?«

Der freie Vogel ruft: »Mein Liebling, singe die Lieder der Wälder.«
Der Vogel im Käfig sagt: »Setz dich zu mir, ich will dich unterweisen in der Sprache der Gelehrten.«
Der Waldvogel ruft: »Nein, ach nein! Lieder können niemals gelehrt werden.«
Der Vogel im Käfig sagt: »Weh mir, ich weiß sie nicht, die Lieder der Wälder.«

Ihre Liebe ist heiß, voll Verlangen; doch können sie nie Schwinge an Schwinge fliegen.
Durch die Stäbe des Käfigs schauen sie und sehnen sich vergebens, einander zu kennen.

Sie flattern sehnsüchtig mit ihren Flügeln und singen: »Komm näher, mein Lieb!«
Der freie Vogel ruft: »Es geht nicht, ich fürchte die verschlossenen Türen des Käfigs.«
Der Vogel im Käfig zwitschert: »Weh, meine Flügel sind kraftlos und tot.«

7 O MUTTER, der junge Prinz muss an unsrer Tür vorüberkommen – wie kann ich heute Morgen an meine Arbeit denken?
Zeig mir, wie soll ich mein Haar flechten; sag mir, was soll ich für Kleider anlegen?
Warum schaust du mich so verwundert an, Mutter?
Ich weiß wohl, er wird nicht ein einziges Mal zu meinem Fenster aufblicken; ich weiß, im Nu wird er mir aus den Augen sein; nur das verhallende Flötenspiel wird seufzend zu mir dringen von Weitem.
Aber der junge Prinz wird an unsrer Tür vorüberkommen, und ich will mein Bestes anziehn für diesen Augenblick.

O Mutter, der junge Prinz ist an unsrer Tür vorübergekommen, und die Morgensonne blitzte auf an seinem Wagen.
Ich strich den Schleier aus meinem Gesicht, riss die Rubinenkette von meinem Hals und warf sie ihm in den Weg.
Warum schaust du mich so verwundert an, Mutter?
Ich weiß wohl, dass er meine Kette nicht aufhob; ich weiß, sie ward unter den Rädern zermalmt und ließ eine rote Spur im Staub zurück,

und niemand weiß, was mein Geschenk war, noch wem es galt.

Aber der junge Prinz ist an unsrer Tür vorübergekommen, und ich habe den Schmuck von meiner Brust auf seinen Pfad geworfen.

8 ALS DIE LAMPE an meinem Bett ausging, wachte ich auf mit den frühen Vögeln.
Ich saß am offenen Fenster, einen frischen Kranz im losen Haar.
Der junge Wanderer kam die Straße entlang im rosigen Nebel des Morgens.
Eine Perlenkette trug er um seinen Hals und die Sonnenstrahlen fielen auf seinen Scheitel. An meiner Tür blieb er stehn und fragte ungestüm: »Wo ist sie?«
Vor lauter Scham vermochte ich nicht zu sagen: »›Sie‹ bin ich, junger Wanderer, ›sie‹ bin ich.«

Es war Dämmerung und die Lampe war nicht angezündet.
Gedankenlos flocht ich mein Haar.
Der junge Wanderer kam auf seinem Wagen, im Glühen der untergehenden Sonne.
Seine Pferde schäumten und Staub lag auf seinem Kleid.
Er stieg ab an meiner Tür und fragte mit müder Stimme: »Wo ist sie?«
Vor lauter Scham vermochte ich nicht zu sagen: »›Sie‹ bin ich, müder Wanderer, ›sie‹ bin ich.«

Es ist eine Aprilnacht. Die Lampe brennt in meiner Kammer.

Von Süden schleicht leise die Brise herein. Der lärmende Papagei schläft in seinem Käfig.
Mein Mieder ist von der Farbe der Pfauenkehle und mein Mantel ist grün wie junges Gras.
Ich sitze auf dem Boden am Fenster und spähe hinaus in die verlassene Straße.
Durch die dunkle Nacht summe ich in einem fort: »›Sie‹ bin ich, verzweifelnder Wanderer, ›sie‹ bin ich.«

9 WENN ICH NACHTS zum Stelldichein gehe, singen keine Vögel, der Wind regt sich nicht, die Häuser an beiden Seiten der Straße stehen schweigsam.
Nur meine eignen Fußspangen werden laut bei jedem Schritt, und ich schäme mich.

Wenn ich auf meinem Balkon sitze und auf seine Schritte lausche, rascheln die Blätter nicht auf den Bäumen und das Wasser ist still im Fluss wie das Schwert auf den Knien eines schlafenden Wächters.
Nur mein eigenes Herz schlägt wild – ich weiß nicht, wie ich es ruhighalten soll.

Wenn mein Geliebter kommt und bei mir sitzt, wenn mein Leib zittert und meine Augenlider sich senken, wird die Nacht schwarz, der Wind bläst die Lampe aus, und die Wolken ziehen Schleier über die Sterne.
Nur der Edelstein auf meiner eigenen Brust scheint und gibt Licht. Ich weiß nicht, wie ich ihn verbergen soll.

LASS DEINE ARBEIT, Braut. Horch, der Gast ist gekommen. 10
Hörst du? Er rüttelt sacht an der Kette, die die Tür hält.
Sieh zu, dass deine Fußspangen nicht zu viel Lärm machen und dass dein Schritt nicht gar zu eilig ist, wenn du ihm entgegengehst.
Lass deine Arbeit, Braut, der Gast ist gekommen mit dem Abend.

Nein, es ist nicht der geisternde Wind, Braut, fürchte dich nicht.
Es ist Vollmond und Frühlingsnacht; die Schatten im Hof sind fahl; droben der Himmel ist hell.
Zieh den Schleier über dein Gesicht, wenn du nicht anders kannst; trag die Lampe zur Tür, wenn du Angst hast.
Nein, es ist nicht der geisternde Wind, Braut, fürchte dich nicht.

Sprich kein Wort mit ihm, wenn du schüchtern bist; tritt zurück von der Tür, wenn du ihm begegnest.
Stellt er dir Fragen, kannst du, wenn du willst, schweigend die Augen senken.
Lass deine Armbänder nicht klirren, wenn du ihn hereinführst, die Lampe in der Hand.

Sprich kein Wort mit ihm, wenn du schüchtern bist.

Bist du noch nicht fertig mit deiner Arbeit, Braut? Horch, der Gast ist gekommen.
Hast du die Lampe im Kuhstall nicht angezündet?
Hast du den Opferkorb nicht fertig für den Abendgottesdienst?
Hast du das rote Glückszeichen* nicht auf deinen Scheitel gelegt und dich zur Nacht gerichtet?
O Braut, hörst du? Der Gast ist gekommen.
Lass deine Arbeit!

KOMM wie du bist; säume nicht beim Anziehn. 11
Mag auch dein geflochtenes Haar aufgegangen sein, dein Scheitel wirr und dein Mieder nicht genestelt, achte nicht darauf.
Komm wie du bist; säume nicht beim Anziehn.

Komm mit schnellen Schritten über das Gras.
Wenn der Rötel von deinen Füßen weicht, weil Tau liegt, wenn die Schellenbänder um deine Füße sich lockern, wenn Perlen aus deiner Halskette fallen, achte nicht darauf.
Komm mit schnellen Schritten über das Gras.

Siehst du, wie sich die Wolken am Himmel ballen?
Schwärme von Kranichen fliegen auf vom fernen Flussufer und jähe Windstöße stürzen über die Heide.
Das geängstete Vieh flüchtet nach den Ställen im Dorf.
Siehst du, wie sich die Wolken am Himmel ballen?

Vergebens zündest du deine Lampe am Putztisch an – sie flackert und geht aus im Wind.
Wer merkt denn, dass du auf deine Augenlider kein Schwarz gelegt hast? Deine Augen sind dunkler als Regenwolken.

Vergebens zündest du deine Lampe am Putztisch an – sie geht aus.

Komm wie du bist; säume nicht beim Anziehn.
Wenn der Kranz für dein Haar noch nicht gebunden ist, was machts? Wenn die Kette um dein Handgelenk nicht zu ist, lass sie sein.
Der Himmel ist überdeckt mit Wolken – es ist spät.
Komm wie du bist; säume nicht beim Anziehn.

WENN du einmal fleißig sein willst und deinen Krug füllen – komm, o komm an meinen See. 12
Das Wasser wird sich um deine Füße schmiegen und sein Geheimnis ausplappern.
Der Schatten des kommenden Regens liegt über dem Sand und die Wolken hängen niedrig auf den blauen Linien der Bäume wie das schwere Haar über deinen Augenbrauen.
Ich kenne ihn gut, den Rhythmus deiner Schritte, mein Herz geht im gleichen Takt.
Komm, o komm an meinen See, wenn du deinen Krug füllen musst.

Wenn du müßig sein willst und gedankenlos sitzen und deinen Krug auf dem Wasser treiben lassen – komm, o komm an meinen See.
Der grasige Abhang leuchtet grün und die wilden Blumen sind zahllos.
Deine Gedanken werden aus deinen dunklen Augen schweifen wie Vögel aus ihren Nestern.
Dein Schleier wird auf deine Füße niederfallen.
Komm, o komm an meinen See, wenn du müßig sitzen willst.

Wenn du genug gespielt hast und ins Wasser tauchen willst – komm, o komm an meinen See.
Lass deinen blauen Mantel am Ufer liegen; das blaue Wasser wird dich zudecken und verhüllen.

Die Wellen werden auf den Zehen stehn, um deinen Nacken zu küssen und dir ins Ohr zu flüstern.
Komm, o komm an meinen See, wenn du ins Wasser tauchen willst.

Wenn du dich toll in den Tod stürzen musst –
komm, o komm an meinen See.
Er ist kühl und unergründlich tief.
Er ist dunkel wie traumloser Schlaf.
In seinen Tiefen sind Nächte und Tage eins, und Lieder sind Schweigen.
Komm, o komm an meinen See, wenn du in den Tod hinabtauchen willst.

ICH BAT um nichts, stand nur am Rand des Waldes hinter dem Baum. 13
Sehnsucht war immer noch in den Augen der Dämmerung und Tau war in der Luft.
Der träge Duft des feuchten Grases hing in dünnem Nebel über der Erde.
Unter dem Feigenbaum sah ich dich die Kuh melken mit deinen Händen, zart und frisch wie Butter.
Und stumm blieb ich stehen.

Ich sagte kein Wort. Es war der Vogel, der unsichtbar aus dem Dickicht sang.
Der Mangobaum schüttelte seine Blüten auf den Dorfweg, und Biene um Biene summte herbei.
Drüben am Teich stand das Tor des Shiva-Tempels offen und die Andächtigen hatten ihre Gesänge begonnen.
Den Eimer im Schoß, sah ich dich die Kuh melken.
Ich stand immer noch mit meiner leeren Kanne.

Ich kam dir nicht nahe.
Der Himmel erwachte vom Schall des Gongs am Tempel.
Der Staub ward aufgejagt in der Straße von den Hufen des getriebenen Viehs.

Mit gurgelnden Krügen auf ihren Hüften kamen Frauen vom Fluss.
Deine Armbänder klirrten und der Krug schäumte über.
Der Morgen verging, und ich kam dir nicht nahe.

ICH WANDERTE die Straße entlang, ich weiß nicht warum, als der Mittag vorüber war, und die Bambuszweige im Wind raschelten. 14
Die Schatten fielen mit ausgestreckten Armen zur Erde und klammerten sich an die Füße des davoneilenden Lichts.
Die Kokils* hatten sich müde gesungen.
Ich wanderte die Straße entlang, ich weiß nicht warum.

Die Hütte am Wasser ist beschattet von einem überhangenden Baum.
War Eine geschäftig bei ihrer Arbeit, und aus der Ecke tönte die Musik ihrer Armringe.
Ich stand vor dieser Hütte, ich weiß nicht warum.

Der schmale, schlängelnde Weg kreuzt manches Senffeld und manchen Mangowald.
Er führt am Tempel des Dorfes vorüber und an dem Markt bei der Landungsstelle des Flusses.
Ich blieb stehn bei dieser Hütte, ich weiß nicht warum.

Vor Jahren war es, an einem windigen Märztag – das Flüstern des Frühlings war voll Sehnsucht, und Mangoblüten fielen in den Staub.

Das kräuselnde Wasser hüpfte und leckte an dem Messingeimer, der auf der Landungstreppe stand.
Ich denke an jenen windigen Märztag; ich weiß nicht warum.

Die Schatten vertiefen sich und das Vieh kehrt heim zu seinen Hürden.
Das Licht ist grau auf den einsamen Wiesen und die Bauern warten auf die Fähre am Ufer.
Langsam geh ich meinen Weg zurück, ich weiß nicht warum.

ICH LAUFE, wie ein Bisam läuft im Schatten des Waldes, das toll ist von seinem eigenen Duft. 15
Die Nacht ist die Nacht der Maienmitte, die Brise ist die Brise des Südens.
Ich verliere meinen Weg und ich wandre; ich suche, was ich nicht erreichen kann, und ich erreiche, was ich nicht suche.

Aus meinem Herzen steigt und tanzt das Bild meiner eigenen Sehnsucht.
Die lichte Erscheinung entflieht.
Ich versuche sie festzuhalten, sie entgleitet mir und führt mich irre.
Ich suche, was ich nicht erreichen kann, ich erreiche, was ich nicht suche.

16 HÄNDE schlingen sich in Hände und Augen hangen an Augen: So beginnt die Geschichte unsrer Herzen.
Es ist mondhelle Märznacht; die Luft ist erfüllt vom süßen Duft der Hennablüten*; meine Flöte liegt vernachlässigt auf der Erde und dein Kranz von Blumen ist unvollendet.
Diese Liebe zwischen dir und mir ist schlicht wie ein Lied.

Dein safranfarbner Schleier macht meine Augen trunken.
Der Jasminkranz, den du für mich flochtest, durchbebt mein Herz wie Lob.
Es ist ein Spiel von Geben und Versagen, von Entschleiern und Wieder-Verbergen; etwas Lächeln und ein wenig Schüchternheit und süßes, vergebliches Sichsträuben.
Diese Liebe zwischen dir und mir ist schlicht wie ein Lied.

Kein Geheimnis über das Heute hinaus; kein Ringen um das Unmögliche; kein Schatten hinter der Lust; kein Tasten in die Tiefen des Dunkels.
Diese Liebe zwischen dir und mir ist schlicht wie ein Lied.

Wir schweifen nicht aus allen Worten in das ewige Schweigen; wir heben nicht unsre Hände in die Leere nach Dingen jenseits der Hoffnung.
Uns ist genug, was wir geben und was wir empfangen.
Wir haben die Freude nicht bis aufs Letzte ausgepresst, um aus ihr den Wein der Leiden zu keltern.
Diese Liebe zwischen dir und mir ist schlicht wie ein Lied.

17 DER GELBE Vogel singt auf seinem Baum und macht mein Herz hüpfen vor Fröhlichkeit.
Wir beide leben im selben Dorf, und das ist unsere ganze Freude.
Ihre zwei Lieblingslämmer kommen in den Schatten unsrer Gartenbäume grasen.
Wenn sie sich verirren in unser Gerstenfeld, trage ich sie auf meinen Armen hinaus.
Der Name unsres Dorfes ist Khanjana, und Anjana nennen sie unsern Fluss.
Meinen Namen weiß das ganze Dorf, und ihr Name ist Ranjana.

Nur ein Feld liegt zwischen uns.
Bienen, die in unsrem Gehölz ihre Stöcke haben, suchen Honig in ihrem.
Blumen, von ihren Landungsstegen geworfen, kommen den Strom heruntergeschwommen, in dem wir baden.
Körbe mit getrockneten Kusm*-Blumen kommen von ihren Feldern auf unsern Markt.
Der Name unsres Dorfes ist Khanjana, und Anjana nennen sie unsern Fluss.
Meinen Namen weiß das ganze Dorf, und ihr Name ist Ranjana.

Der Pfad, der sich zu ihrem Haus windet, duftet im Frühling von Mangoblüten.

Wenn ihr Leinsamen reif ist zur Ernte, blüht der Hanf auf unsrem Feld.
Die Sterne, die auf ihre Hütte lächeln, senden uns den gleichen zwinkernden Blick.
Der Regen, der ihre Zisterne überflutet, macht unsern Kadamwald* froh.
Der Name unsres Dorfes ist Khanjana, und Anjana nennen sie unsern Fluss.
Meinen Namen weiß das ganze Dorf, und ihr Name ist Ranjana.

18 WENN DIE zwei Schwestern Wasser holen gehn, kommen sie an diese Stelle, und beide lächeln.
Sie müssen es gemerkt haben, dass einer hinter den Bäumen steht, so oft sie Wasser holen gehn.

Die zwei Schwestern flüstern miteinander, wenn sie an dieser Stelle vorübergehn.
Sie müssen das Geheimnis von diesem Jemand erraten haben, der hinter den Bäumen steht, so oft sie Wasser holen gehn.

Ihre Krüge schlingern plötzlich und verschütten Wasser, wenn sie diese Stelle erreichen.
Sie müssen herausgefunden haben, dass das Herz jemandes schlägt, der hinter den Bäumen steht, so oft sie Wasser holen gehn.

Die zwei Schwestern blicken einander an, wenn sie an diese Stelle kommen, und sie lächeln.
Da ist ein Gelächter in ihren schnell schreitenden Füßen, das Verwirrung anrichtet in jemandes Denken, der hinter den Bäumen steht, so oft sie Wasser holen gehn.

19

DU GINGST den Uferweg am Fluss, mit vollem Krug auf deiner Hüfte.

Warum wandtest du schnell dein Antlitz und spähtest nach mir durch den flatternden Schleier?

Dieser strahlende Blick aus dem Dunkel überkam mich wie eine Brise, die einen Schauer durch das kräuselnde Wasser schickt und fortreicht zum schattigen Ufer.

Er kam zu mir wie der Vogel des Abends, der durch das lichtlose Zimmer huscht, von einem offenen Fenster zum andern, und in der Nacht verschwindet.

Du bist verborgen wie ein Stern hinter den Hügeln, und ich bin ein Vorübergehender auf der Straße.

Aber warum hieltest du einen Augenblick an und blicktest in mein Antlitz durch deinen Schleier, als du den Uferweg am Fluss gingst mit dem vollen Krug auf deiner Hüfte?

20 TAG FÜR TAG kommt er und geht wieder. Geh, und gib ihm eine Blume aus meinem Haar, meine Freundin.
Wenn er fragt, wer es war, der sie sandte, ich bitte dich, sag ihm nicht meinen Namen – denn er kommt nur und geht wieder.

Er sitzt im Staub unter dem Baum.
Bereite ihm dort einen Sitz aus Blumen und Blättern, meine Freundin.
Seine Augen sind traurig und sie bringen Traurigkeit in mein Herz.
Er sagt nicht, an was er denkt; er kommt nur und geht wieder.

WAS TRIEB ihn, an meine Tür zu kommen, den wandernden Jüngling, als der Tag dämmerte? 21

Immer wenn ich ein und aus gehe, komm ich an ihm vorüber, und meine Augen sind von seinem Antlitz gefangen.

Ich weiß nicht, soll ich zu ihm sprechen oder schweigen? Was trieb ihn, an meine Tür zu kommen?

Die wolkigen Nächte im Juli sind finster; der Himmel ist sanftblau im Herbst; die Frühlingstage sind ruhelos vom Ungestüm des Südwinds.

Er webt seine Lieder aus immer neuen Weisen.

Ich wende mich ab von meiner Arbeit, und meine Augen werden feucht. Was trieb ihn, an meine Tür zu kommen?

22 ALS SIE mit schnellen Schritten an mir vorüberging, berührte mich der Saum ihres Kleides.

Von der unbekannten Insel eines Herzens kam ein plötzlicher, warmer Frühlingshauch.

Das Flattern einer flüchtigen Berührung streifte mich und war im Nu vorüber, wie ein abgerissenes Blütenblatt, vom Wind getrieben.

Es fiel auf mein Herz wie ein Seufzen ihres Leibes und ein Flüstern ihrer Seele.

23

WARUM sitzt du da und lässt deine Armbänder klirren, nur zu müßigem Spiel?
Fülle deinen Krug. Es ist Zeit für dich heimzukommen.

Warum plätscherst du im Wasser mit deinen Händen und blickst zuweilen auf die Straße nach jemand, nur zu müßigem Spiel?
Fülle deinen Krug und komm heim.

Die Morgenstunden gehn vorüber – das dunkle Wasser fließt weiter.
Die Wellen lachen und flüstern einander zu, nur zu müßigem Spiel.

Die wandernden Wolken haben sich am Rand des Himmels gesammelt über jenem Hügelrücken.
Sie zögern und schauen in dein Gesicht und lächeln, nur zu müßigem Spiel.
Fülle deinen Krug und komm heim.

24 BEHALT ES nicht für dich, das Geheimnis deines Herzens, mein Freund!
Sag es mir, nur mir, im Geheimen.
Der du so freundlich lächelst, flüstre leise, mein Herz wird es hören, nicht meine Ohren.

Die Nacht ist tief, das Haus ist schweigsam, die Vogelnester sind eingehüllt in Schlaf.
Sag mir mit verhaltenen Tränen, mit zitterndem Lächeln, in süßer Scham und Pein, das Geheimnis deines Herzens.

»KOMM ZU UNS, Jüngling, sag aufrichtig, warum Wahnsinn in deinen Augen ist.« 25
»Ich weiß nicht, von was für einem wilden Mohn ich getrunken habe, dass dieser Wahnsinn in meinen Augen ist.«
»O Schande!«
»Ja, manche sind weise und manche töricht, manche sind wachsam und manche sorglos. Es gibt Augen, die lächeln, und Augen, die weinen – und Wahnsinn ist in meinen Augen.«

»Jüngling, warum stehst du so still im Schatten des Baumes?«
»Meine Füße sind matt von der Last meines Herzens, und ich stehe still im Schatten.«
»O Schande!«
»Ja, manche gehen weiter ihren Weg und manche zaudern, manche sind frei und manche gefesselt – und meine Füße sind matt von der Last meines Herzens.«

26 »WAS AUS deinen willigen Händen kommt, nehme ich. Sonst bitte ich um nichts.«
»Ja, ja, ich kenne dich, bescheidener Bettler, du bittest um alles, was einer hat.«

»Wenn du eine verlorene Blume für mich übrig hast, will ich sie in meinem Herzen tragen.«
»Aber wenn Dornen daran sind?«
»Ich will sie erdulden.«
»Ja, ja, ich kenne dich, bescheidener Bettler, du bittest um alles, was einer hat.«

»Wenn du einmal nur deine liebenden Augen zu meinem Antlitz heben wolltest, es würde mein Leben über den Tod hinaus versüßen.«
»Aber wenn sie dann nur grausame Blicke hätten?«
»Ich will sie mein Herz durchbohren lassen.«
»Ja, ja, ich kenne dich, bescheidener Bettler, du bittest um alles, was einer hat.«

»TRAUE DER LIEBE, auch wenn sie Leid bringt. Schließe dein Herz nicht zu.« 27
»Ach nein, Freund, deine Worte sind dunkel, ich kann sie nicht verstehn.«

»Das Herz ist nur da zum Verschenken mit einer Träne und einem Lied, Geliebte.«
»Ach nein, Freund, deine Worte sind dunkel, ich kann sie nicht verstehn.«

»Lust ist vergänglich wie ein Tautropfen; während sie lacht, stirbt sie schon. Aber Leid ist stark und ausharrend. Lass leidvolle Liebe in deinen Augen Wacht halten.«
»Ach nein, Freund, deine Worte sind dunkel, ich kann sie nicht verstehn.«

»Der Lotus blüht im Anschaun der Sonne und verliert alles, was er hat. Er möchte nicht seine Knospen behalten in ewigem Winternebel.«
»Ach nein, Freund, deine Worte sind dunkel, ich kann sie nicht verstehn.«

28 DEINE FRAGENDEN Augen sind traurig. Sie suchen meinen Sinn zu erkunden, wie der Mond das Meer ergründen möchte.

Ich habe mein Leben ganz vor deinen Augen ausgebreitet von Ende zu Ende und nichts verborgen oder zurückgehalten. Darum kennst du mich nicht.

Wenn es nur ein Edelstein wäre, ich könnte es in hundert Stücke brechen und sie reihen zu einer Kette, um deinen Hals damit zu schmücken.

Wenn es nur eine Blume wäre, frisch und klein und süß, so könnte ich es vom Stängel pflücken und dir ins Haar stecken.

Es ist aber ein Herz, Geliebte. Wo sind seine Ufer und sein Grund?

Du kennst nicht die Grenzen dieses Königreichs und bist doch seine Königin.

Wenn es nur ein Augenblick der Lust wäre, so würde es in einem leichten Lächeln aufblühn, und du könntest es mit einem Blick sehn und lesen.

Wenn es nur ein Schmerz wäre, so würde es schmelzen in hellen Tränen, sein innerstes Geheimnis widerspiegelnd ohne Wort.

Es ist aber Liebe, meine Geliebte.

Seine Lust und Pein sind ohne Grenzen, und endlos seine Ansprüche und sein Reichtum.
Es ist dir so nahe wie dein Leben, und doch kannst du es niemals ganz kennen.

29 SPRICH ZU MIR, Geliebter! Sag mir mit Worten, was du gesungen hast.

Die Nacht ist dunkel. Die Sterne haben sich hinter Wolken verloren. Der Wind seufzt durch die Blätter.

Ich will mein Haar lösen. Mein blauer Mantel wird mich umschmiegen wie Nacht. Ich will dein Haupt an meine Brust drücken; und hier in der süßen Einsamkeit lass dein Herz reden. Ich will meine Augen schließen und lauschen. Ich will nicht in dein Antlitz schaun.

Wenn deine Worte zu Ende sind, wollen wir still und schweigend sitzen. Nur die Bäume werden im Dunkel flüstern.

Die Nacht wird bleichen. Der Tag wird dämmern. Wir werden einander in die Augen schauen und jeder seines Weges gehn.

Sprich zu mir, Geliebter! Sag mir mit Worten, was du sangest.

DU BIST die Abendwolke, die am Himmel meiner Träume hinzieht. 30
Ich gebe dir Farbe und Form mit den Wünschen meiner Liebe.
Du bist mein Eigen, mein Eigen, du, die in meinen endlosen Träumen wohnt!

Deine Füße sind rosig rot von der Glut meines sehnsüchtigen Herzens, du, Ährenleserin meiner Abendlieder!
Deine Lippen sind bittersüß, denn sie kosteten aus meinem Leidenskelch.
Du bist mein Eigen, mein Eigen, du, Bild meiner einsamen Träume!

Mit dem Schatten meiner Leidenschaft hab ich deine Augen verdunkelt, als sie in meinen Blick hinabtauchten.
Ich hab dich gefangen und dich eingesponnen, Geliebte, in das Netz meiner Musik.
Du bist mein Eigen, mein Eigen, du, die in meinen unsterblichen Träumen wohnt!

31 MEIN HERZ, der Vogel der Wildnis, hat seinen Himmel in deinen Augen gefunden.

Sie sind die Wiege des Morgens, sie sind das Königreich der Sterne.

Meine Lieder haben sich verloren in ihre Tiefen.

Lass mich nur auffliegen in diesen Himmel, in seine einsame Unermesslichkeit.

Lass mich nur seine Wolken teilen und die Schwingen breiten in seinem Sonnenschein.

SAG MIR, ob das alles wahr ist, Liebster, sag mir, ob das alles wahr ist. 32
Wenn diese Augen ihre Blitze sprühen, geben die dunklen Wolken in deiner Brust stürmische Antwort?
Ist es wahr, dass meine Lippen süß sind wie die aufspringende Knospe der ersten eingestandnen Liebe?
Säumen die Erinnerungen entschwundener Maienmonde in meinen Gliedern?
Erschauert die Erde wie eine Harfe in Liedern, wenn meine Füße sie berühren?
Ist es denn wahr, dass die Tautropfen von den Augen der Nacht fallen, wenn ich mich zeige, und dass das Morgenlicht froh ist, wenn es meinen Körper rings einhüllt?
Ist es wahr, ist es wahr, dass deine Liebe einsam durch Zeitalter und Welten wanderte, auf der Suche nach mir?
Dass, da du mich endlich fandest, dein langes Sehnen letzten Frieden fand in meiner sanften Rede, in meinen Augen und Lippen und flutenden Haaren?
Ist es denn wahr, dass das Geheimnis des Unendlichen auf dieser meiner kleinen Stirn geschrieben steht?
Sag mir, Geliebter, ist denn das alles wahr?

33 ICH LIEBE DICH, Geliebter. Vergib mir meine Liebe.
Wie ein Vogel, der seinen Weg verliert, bin ich gefangen.
Da mein Herz erschüttert ward, verlor es seinen Schleier und wurde nackt. Deck es mit Mitleid zu, Liebster, und vergib mir meine Liebe.

Wenn du mich nicht lieben kannst, Geliebter, vergib mir meine Pein.
Sieh mich nicht verächtlich an von Weitem.
Ich will mich in meine Ecke zurückstehlen und im Finstern sitzen.
Mit beiden Händen will ich meine nackte Schande zudecken.
Wende dein Gesicht von mir, Geliebter, und vergib mir meine Pein.

Wenn du mich liebst, Geliebter, vergib mir meine Freude.
Wenn mein Herz fortgetragen wird von der Flut des Glücks, lächle nicht über meine gefährliche Entrücktheit.
Wenn ich auf meinem Thron sitze und herrsche über dich mit der Tyrannei meiner Liebe, wenn ich wie eine Göttin dir meine Gunst gewähre, ertrag meinen Stolz, Geliebter, und vergib mir meine Freude.

GEH NICHT, Geliebter, ohne Abschied von mir. 34
Ich habe die ganze Nacht wachgelegen, und nun sind meine Augen schwer von Schlaf.
Ich fürchte nur, ich verliere dich, wenn ich schlafe.
Geh nicht, Geliebter, ohne Abschied von mir.

Ich fahre auf und strecke meine Hände aus, dich zu berühren. Ich frage mich: »Ist es ein Traum?«
Könnte ich deine Füße bannen mit meinem Herzen und sie fesseln an meine Brust!
Geh nicht, Geliebter, ohne Abschied von mir.

35 DASS ICH DICH nicht zu leicht erkenne, spielst du mit mir.
Du blendest mich mit den Blitzen deines Lachens, um deine Tränen zu verbergen.
Ich kenne, ich kenne deine List;
Nie sagst du das Wort, das du sagen möchtest.

Damit ich deinen Wert nicht erkenne, entweichst du mir auf tausend Wegen.
Damit ich dich nicht mit den Vielen vermenge, stehst du abseits.
Ich kenne, ich kenne deine List;
Nie gehst du den Weg, den du gehen möchtest.

Du hast mehr Anspruch als die andern, darum bist du schweigsam.
Mit gespielter Gleichgültigkeit meidest du meine Geschenke.
Ich kenne, ich kenne deine List;
Nie willst du nehmen, was du nehmen möchtest.

ER FLÜSTERTE: »Liebste, schlag deine Augen auf.« 36
Hart schalt ich ihn und sagte: »Geh!«; aber er rührte sich nicht.
Er stand vor mir und hielt meine beiden Hände.
Ich sagte: »Lass mich!«; aber er ging nicht.

Er neigte sein Gesicht an mein Ohr. Ich blickte ihn an und sagte: »Schäm dich!«; aber es kümmerte ihn nicht.
Seine Lippen berührten meine Wange. Ich zitterte und sagte: »Du wagst zu viel«; aber er hatte keine Scham.

Er steckte eine Blume in mein Haar. Ich sagte: »Es hilft nichts!«; aber er blieb unbewegt.
Er nahm den Kranz von meinem Nacken und ging davon. Ich weine und frage mein Herz: »Warum kommt er nicht zurück?«

37 WÜRDEST du deinen Kranz aus frischen Blumen um meinen Nacken legen, Schöne?
Aber du musst wissen, dass der Kranz, den ich gewunden habe, für die Vielen ist; für jene, die flüchtig an einem vorübergehn, die in unerforschten Ländern wohnen oder in Liedern der Dichter leben.

Es ist zu spät, mein Herz zum Tausch für deines zu verlangen.
Es gab eine Zeit, da mein Leben wie eine Knospe war; all sein Duft lag aufgespeichert in ihrem Kern.
Nun ist er in alle Weiten verschwendet.
Wer weiß den Zauber, der ihn sammeln und wieder einschließen kann?
Mein Herz gehört nicht mir, um es nur einer zu schenken; es ist den Vielen geschenkt.

LIEBSTE, vor Langem einmal ersann sich dein Dichter ein großes Gedicht. 38
Weh, ich war nicht achtsam, und es stieß an deine klingelnden Fußspangen und kam zu Schaden.
Es zerbrach in kleine Lieder und lag verstreut zu deinen Füßen.
Meine ganze Schiffsladung von Geschichten aus alten Kriegen ward durcheinandergerüttelt von den lachenden Wellen und in Tränen getränkt und sank.
Diesen Verlust musst du mir gutmachen, Liebste.
Wenn meine Ansprüche auf unsterblichen Ruhm nach dem Tod vernichtet sind, mach mich unsterblich, so lang ich lebe.
Und ich will nicht trauern um meinen Verlust, noch dich tadeln.

39 ICH VERSUCHE einen Kranz zu winden, den ganzen Morgen lang, aber die Blumen entgleiten mir und fallen heraus.
Du sitzt da und beobachtest mich heimlich aus den Winkeln deiner spähenden Augen.
Frag diese Augen, aus deren Dunkel der Mutwille blitzt, wer daran schuld ist.

Ich versuche ein Lied zu singen, aber vergebens.
Ein verstohlenes Lächeln zittert auf deinen Lippen; frag es, warum mein Lied misslang.
Lass deine lächelnden Lippen unter Eid sagen, wie meine Stimme sich in Schweigen verlor gleich einer trunknen Biene im Lotus.

Es ist Abend und Zeit für die Blumen, ihre Kelche zu schließen.
Lass mich an deiner Seite sitzen und heiß meine Lippen die Arbeit tun, die in Schweigen getan werden kann und im sanften Licht der Sterne.

EIN UNGLÄUBIGES Lächeln huscht über dein Antlitz, wenn ich zu dir komme Abschied zu nehmen. 40

Ich hab es so oft getan, dass du denkst, ich würde bald wiederkehren.

Um dirs einzugestehn, ich fühle den gleichen Zweifel.

Denn die Frühlingstage kommen wieder zu ihrer Zeit; der Vollmond nimmt Abschied und kommt wieder zu neuem Besuch; die Blüten kommen wieder und erröten auf ihren Zweigen Jahr für Jahr, und vielleicht nehm auch ich nur Abschied von dir, um wiederzukommen.

Aber hege das Trugbild eine Weile; schick es nicht fort mit unfreundlicher Hast.

Wenn ich sage, ich verlass dich auf immer, nimm es für wahr und lass einen Nebel von Tränen einen Augenblick lang den dunklen Rand deiner Augen vertiefen.

Dann lächle so schalkhaft, wie du willst, wenn ich wiederkomme.

41 ICH SEHNE mich die tiefsten Worte zu sprechen, die ich dir zu sagen habe; aber ich wage es nicht, aus Furcht, du könntest lachen.
Darum lache ich über mich selbst und verrate mein Geheimnis im Scherz.
Ich nehme meinen Schmerz leicht, aus Furcht, du könntest es tun.

Ich sehne mich, zu dir die treuesten Worte zu reden, die ich dir zu sagen habe; aber ich wage es nicht, aus Furcht, du könntest sie nicht glauben.
Darum verkleide ich sie in Unwahrheit und sage das Gegenteil von dem, was ich meine.
Ich spotte über meinen Schmerz, aus Furcht, du könntest es tun.

Ich sehne mich, die kostbarsten Worte zu gebrauchen, die ich für dich habe; aber ich wage es nicht, aus Furcht, es könnte mir nicht mit gleicher Münze heimgezahlt werden.
Darum gebe ich dir hässliche Namen und prahle mit meiner harten Strenge.
Ich tu dir weh, aus Angst, du würdest nie wissen, was Leid ist.

Ich sehne mich, schweigend bei dir zu sitzen; aber ich wage es nicht, sonst spränge das Herz mir auf die Lippen.
Darum schwatze ich und plaudere leichthin und verberge mein Herz hinter Worten.
Rau fass ich mein Leid an, aus Angst, du könntest es tun.

Ich sehne mich wegzugehn von deiner Seite; aber ich wage es nicht, aus Angst, meine Feigheit würde dir offenbar werden.
Darum trag ich meinen Kopf hoch und komme heiter in deine Gesellschaft.
Unablässige Dolchstiche aus deinen Augen halten meine Wunde immer offen.

42 DU TOLLER, herrlich Trunkener!
Wenn du deine Türen aufstößt und den Narren vor der Menge spielst;
Wenn du deinen Beutel in einer Nacht leerst und der Besonnenheit ein Schnippchen schlägst;
Wenn du auf seltsamen Wegen wandelst und mit nutzlosen Dingen spielst;
Kümmre dich nicht um Reim und Recht!
Wenn du deine Segel vor dem Sturm spannst und das Ruder entzweibrichst,
Dann will ich dir folgen, Kamerad, und will trunken in den Abgrund fahren.

Ich habe meine Tage und Nächte vergeudet in der Gesellschaft nüchtern weiser Nachbarn.
Viel-Wissen hat mein Haar grau gemacht und Viel-Wachen meine Augen trüb.
Jahrelang hab ich Brocken und Fetzen von Dingen gesammelt und gehäuft:
Zermalme sie und tanze auf ihnen und streue sie alle in die Winde.
Denn ich weiß, das ist die höchste Weisheit, trunken in den Abgrund zu fahren.

Lass alle krummen Zweifel schwinden, lass mich hoffnungslos meinen Weg verlieren.
Lass einen wild wirbelnden Sturm kommen und mich wegfegen von meinen Ankern.

Die Welt ist bevölkert mit Würdenträgern und Arbeitern, nützlichen und gescheiten.
Da sind Menschen, die leicht die Ersten sind, und solche, die bescheiden hinterdreinkommen.
Lass sie glücklich und erfolgreich sein und lass mich närrisch unnütz sein.
Denn ich weiß, es ist das Ende allen Wirkens, trunken in den Abgrund zu fahren.

Ich schwöre diese Minute allen Anrechten ab, zu den Ehrbaren und Anständigen zu zählen.
Meinen Stolz auf Wissen und Urteil über gut und böse lass ich fahren.
Ich will das Gefäß der Erinnerung zerbrechen, die letzten Tränentropfen verschütten.
Im Schaum des rot perlenden Weins will ich mein Lachen baden und wieder jung machen.
Den Schild des gesetzten Bürgers will ich in Stücke zerbrechen.
Ich will das heilige Gelübde tun, alle Würde wegzuwerfen und trunken in den Abgrund zu fahren.

43 NEIN, FREUNDE, niemals werde ich Einsiedler, sagt, was ihr wollt.
Ich werde niemals Einsiedler, wenn sie nicht mit mir das Gelübde ablegt.
Es ist mein fester Entschluss, wenn ich kein schattiges Obdach und keine Gefährtin für meine Buße finden kann, werde ich niemals Einsiedler.

Nein, Freunde, nie werde ich Herd und Heim verlassen und mich zurückziehn in des Waldes Einsamkeit, wenn nicht fröhliches Lachen aus seinem Schatten widerhallt und nicht der Saum eines Safranmantels im Wind flattert; wenn sein Schweigen nicht durch leises Flüstern tiefer wird.
Niemals werde ich Einsiedler werden.

EHRWÜRDIGER Vater, vergib diesem Sünderpaar. Frühlingswinde wehen heut in wilden Wirbeln, treiben Staub und totes Laub davon, und mit ihnen sind alle deine Lehren verflogen. 44
Sag nicht, Vater, dass Leben Eitelkeit sei.
Denn heute haben wir zwei einmal Waffenstillstand geschlossen mit dem Tod, und nur für wenige duftende Stunden sind wir beide unsterblich geworden.

Selbst wenn des Königs Heer käme und uns grimmig anfiele, würden wir traurig den Kopf schütteln und sagen: Brüder, ihr stört uns. Wenn ihr dies lärmende Spiel haben müsst, geht und lasst eure Waffen woanders klirren. Wir sind ja nur für wenige flüchtige Augenblicke unsterblich geworden.

Wenn freundlich Volk käme und sich scharte um uns, wir würden uns tief vor ihm verbeugen und sagen: Dieses ungeheuer große Glück verwirrt uns. Der Raum ist karg in dem unendlichen Himmel, in dem wir wohnen. Denn im Frühling kommen die Blumen in Mengen und die geschäftigen Flügel der Bienen stoßen einander. Unser kleiner Himmel, in dem nur wir zwei Unsterblichen wohnen, ist viel zu eng.

45 DEN GÄSTEN, die gehen müssen, wünsche gute Fahrt, und fege alle Spuren ihrer Tritte weg.
Drücke lächelnd an deine Brust, was sanft ist und einfach und nahe.
Heut ist das Fest der Geister, die nicht wissen, wann sie sterben.
Lass dein Lachen hell schimmernde Lust sein wie glitzerndes Licht auf rieselnden Wellen.
Lass dein Leben leicht dahintanzen am Rand der Zeit wie der Tautropfen am Rand des Blattes.
Schlag in Akkorden deiner Harfe die Rhythmen, die der Augenblick dir eingibt.

DU LIESSEST MICH und gingst deinen Weg. 46
Ich dachte, ich würde trauern um dich und dein einsames Bildnis in meinem Herzen aufstellen, in ein goldnes Lied gewirkt.
Aber ach, mein böses Geschick! Die Zeit ist kurz.

Jugend schwindet Jahr um Jahr; die Frühlingstage sind flüchtig; ein Nichts macht die zarten Blumen sterben, und der Weise mahnt mich, dass das Leben nur ein Tautropfen ist auf einem Lotusblatt.
Soll ich das alles versäumen, um nach jener Einen zu starren, die mir den Rücken gewandt hat?
Das wäre einfältig und töricht; denn die Zeit ist kurz.

Kommt denn, ihr meine Regennächte mit plätschernden Füßen; lächle, mein goldener Herbst; komm, sorgloser April, streu deine Küsse über Land.
Komm du, und du und du auch!
Meine Lieben, ihr wisst, wir sind Sterbliche. Ist es weise, sich das Herz zu brechen um die Eine, die ihr Herz fortnimmt? Denn die Zeit ist kurz.

Es ist süß, in einer Ecke zu sitzen, um zu sinnen und in Reimen zu verkünden, dass du meine ganze Welt bist.
Es ist heldenhaft, sein Leid zu hegen und zu hätscheln und entschlossen zu sein, sich nicht trösten zu lassen.
Aber ein frisches, junges Gesicht schaut zu meiner Tür herein und hebt seine Augen zu meinen Augen.
Da kann ich nicht anders, als meine Tränen wegwischen und die Weise meines Liedes ändern.
Denn die Zeit ist kurz.

47

WENN du es so haben willst, will ich mein Singen enden.
Wenn es Unruhe über dein Herz bringt, will ich meine Augen abwenden von deinem Gesicht.
Wenn es dich plötzlich auf deinem Gang erschreckt, will ich zur Seite treten und einen andern Pfad einschlagen.
Wenn es dich beim Blumenwinden verwirrt, will ich deinen einsamen Garten meiden.
Wenn es das Wasser mutwillig und wild macht, will ich mein Boot nicht an deinem Ufer vorüberrudern.

48 BEFREI MICH von den Banden deiner Süße,
Lieb! Nichts mehr von diesem Wein der Küsse.
Dieser Nebel von schwerem Weihrauch erstickt mein Herz.
Öffne die Türen, mach Platz für das Morgenlicht.
Ich bin in dich verloren, eingefangen in die Umarmungen deiner Zärtlichkeit.
Befrei mich von deinem Zauber und gib mir den Mut zurück, dir mein befreites Herz darzubieten.

ICH HALTE ihre Hände und presse sie an meine Brust. 49

Ich versuche meine Arme mit ihrer Lieblichkeit zu füllen, ihr süßes Lächeln mit Küssen zu plündern, ihre dunklen Blicke mit meinen Augen zu trinken.

Aber, ach, wo ist das alles? Wer kann dem Himmel sein Blau abzwingen?

Ich versuche die Schönheit zu fassen; sie entweicht mir und lässt nur den Körper in meinen Händen zurück.

Betrogen und müde komm ich heim.

Wie kann der Körper die Blume berühren, die nur die Seele berühren sollte?

50 GELIEBTE, MEIN HERZ sehnt sich Tag und Nacht nach einem Begegnen mit dir – einem Begegnen, das wie der alles verschlingende Tod ist.

Feg mich hinweg wie ein Sturm; nimm alles, was ich habe; brich ein in meinen Schlaf und plündre meine Träume. Raub mir meine Welt. In dieser Verwüstung, in der letzten Nacktheit der Seele, lass uns eins werden in Schönheit.

Ach, vergebliches Sehnen! Wo ist diese Hoffnung auf Vereinigung außer in dir, mein Gott?

VOLLENDE denn das letzte Lied und lass uns auseinandergehn. 51
Vergiss diese Nacht, wenn die Nacht um ist.
Wen suche ich mit meinen Armen zu umfassen? Träume lassen sich nicht einfangen.
Meine verlangenden Hände drücken Leere an mein Herz, und sie zermalmt mir die Brust.

52 WARUM GING die Lampe aus?
Ich hielt meinen Mantel darüber, um sie gegen den Wind zu schützen, darum ist die Lampe ausgegangen.

Warum verwelkte die Blume?
Ich drückte sie an mein Herz mit sorgender Liebe, darum ist die Blume verwelkt.

Warum trocknete der Strom aus?
Ich zog einen Damm hindurch, um ihn ganz für mich zu haben, darum ist der Strom ausgetrocknet.

Warum riss die Harfensaite?
Ich wollte einen Ton zwingen, der über ihre Kräfte ging, darum ist die Harfensaite gerissen.

WARUM MACHST du mich erröten durch einen Blick? 53
Ich bin nicht als Bettler gekommen.
Nur eine flüchtige Stunde lang stand ich am Ende deines Hofes, jenseits der Gartenhecke.
Warum machst du mich erröten durch einen Blick?

Nicht eine Rose nahm ich aus deinem Garten, nicht eine Frucht pflückte ich.
Ich trat bescheiden unter die schützenden Bäume am Weg, wo jeder fremde Wandrer stehn darf.
Nicht eine Rose pflückte ich.

Ja, meine Füße waren müde und der Regen strömte herab.
Die Winde heulten durch die schwankenden Bambuszweige.
Die Wolken rasten über den Himmel, als seien sie auf der Flucht vor dem Besieger.
Meine Füße waren müde.

Ich weiß nicht, was du von mir dachtest oder auf wen du an deiner Tür wartetest.
Zuckende Blitze blendeten deine spähenden Augen.

Wie konnte ich wissen, dass du mich sehen könntest dort, wo ich im Dunkeln stand?
Ich weiß nicht, was du von mir dachtest.

Der Tag ist zu Ende und der Regen hat für eine Weile aufgehört.
Ich verlasse den Schutz des Baumes am Rand deines Gartens und diesen Sitz im Gras.
Es ist dunkel geworden; schließ deine Tür; ich gehe meines Wegs.
Der Tag ist zu Ende.

WOHIN EILST du mit deinem Korb so spät am Abend, wo der Markt vorüber ist? 54
Sie alle sind mit ihren Lasten heimgekommen; der Mond lugt durch die Dorfbäume.
Das Echo der Stimmen, die nach der Fähre rufen, läuft über das dunkle Wasser zum fernen Sumpf, wo wilde Enten schlafen.
Wohin eilst du mit deinem Korb, da der Markt vorüber ist?

Der Schlaf hat seine Finger auf die Augen der Erde gelegt.
Die Krähennester sind still geworden, und das Murmeln der Bambusblätter ist verstummt.
Die Arbeiter sind heimgekehrt von ihren Feldern und breiten ihre Matten in den Höfen.
Wohin eilst du mit deinem Korb, da der Markt vorüber ist?

55 ES WAR MITTAG, als du fortgingst.
Die Sonne stand heiß am Himmel.
Ich hatte meine Arbeit getan und saß allein auf meinem Balkon, als du fortgingst.

Dann und wann kam ein leiser Windstoß heran und fächelte mir den Duft von vielen fernen Feldern zu.
Die Tauben gurrten unermüdlich im Schatten, und eine Biene verirrte sich in mein Zimmer und summte die Neuigkeiten von vielen fernen Feldern.

Das Dorf schlief in der Mittagshitze. Die Straße lag verlassen.
Zuweilen erhob sich plötzlich ein Rauschen in den Blättern und erstarb wieder.
Ich starrte zum Himmel auf und wob eines Namens Buchstaben, den ich kannte, in das Blau, während das Dorf in der Mittagshitze schlief.

Ich hatte vergessen mein Haar zu flechten. Die matte Brise spielte damit auf meiner Wange.
Der Fluss glitt spiegelglatt am schattigen Ufer entlang.
Die trägen, weißen Wolken bewegten sich nicht.
Ich hatte vergessen mein Haar zu flechten.
Es war Mittag, als du fortgingst.

Der Staub der Straße war heiß und die Felder lechzten.
Die Tauben gurrten im dichten Laub.
Ich war allein auf meinem Balkon, als du fortgingst.

56 ICH WAR eine von den vielen Frauen, die Tag für Tag mit den unscheinbaren Pflichten des Haushalts beschäftigt sind.
Warum suchtest du mich aus und brachtest mich vom kühlen Obdach unsres gewöhnlichen Lebens fort?

Uneingestandene Liebe ist heilig. Sie leuchtet wie ein Edelstein im Glühen des verborgenen Herzens. Im Licht des neugierigen Tags blickt sie jammervoll trübe.
Ach, du durchbrachst die Hülle meines Herzens und zerrtest meine zitternde Liebe auf den offenen Platz und zerstörtest für immer den schattigen Winkel, wo sie ihr Nest hatte.

Die andern Frauen sind die gleichen geblieben.
Niemand hat in ihr innerstes Wesen geschaut, und sie selbst wissen ihr eignes Geheimnis nicht.
Leicht lächeln sie und weinen, plaudern und arbeiten. Täglich gehen sie in den Tempel, zünden ihre Lampen an und holen Wasser vom Fluss.

Ich hoffte, meine Liebe würde verschont bleiben vor der fröstelnden Schande der Obdachlosen, aber du wendest dein Gesicht ab.

Ja, dein Weg liegt offen vor dir, aber mir hast du die Rückkehr abgeschnitten und ließest mich splitternackt zurück vor der Welt, die mich mit ihren lidlosen Augen anstarrt Nacht und Tag.

57 ICH PFLÜCKTE deine Blume, o Welt!
Ich drückte sie an mein Herz, und der Dorn stach.
Als der Tag ging und es dunkelte, fand ich, dass die Blume verwelkt war, doch der Schmerz war geblieben.

Mehr Blumen werden zu dir kommen mit Duft und Stolz, o Welt!
Doch meine Zeit zum Blumenpflücken ist vorüber, und die dunkle Nacht lang hab ich meine Rose nicht, nur der Schmerz bleibt.

EINES MORGENS im Blumengarten kam ein blindes Mädchen, mir eine Blumenkette anzubieten in der Hülle eines Lotusblatts. 58
Ich legte die Blumenkette um meinen Nacken, und Tränen kamen mir in die Augen.
Ich küsste sie und sagte: »Du bist blind gerade wie die Blumen.
Du weißt selber nicht, wie schön deine Gabe ist.«

59 O WEIB, du bist nicht allein Gottes Geschöpf, sondern auch der Menschen; diese statten dich aus mit Schönheit aus ihren Herzen.
Dichter weben für dich ein Gewebe aus Fäden goldener Fantasie; Maler geben deiner Gestalt immer neue Unsterblichkeit.
Das Meer gibt seine Perlen, die Minen ihr Gold, die Sommergärten ihre Blumen, dich einzuhüllen, dich zu bedecken, dich kostbarer zu machen.
Das Verlangen von Männerherzen hat seinen Glanz über deine Jugend gebreitet.
Du bist halb Weib und halb Traum.

MITTEN IM GEDRÄNGE und Lärm des Lebens, o Schönheit in Stein geschnitten, stehst du stumm und still, allein und abseits. 60
Der Geist der Zeit sitzt bezaubert zu deinen Füßen und flüstert:
»Sprich, sprich zu mir, meine Geliebte; sprich, meine Braut!«
Aber deine Rede ist in dem Stein festgebannt, o unbewegliche Schönheit!

61 STILL, MEIN HERZ, lass den Augenblick des Scheidens süß sein.
Lass es nicht Tod sein, sondern Vollendung.
Lass Liebe in Erinnerung schmelzen und Schmerz in Lieder.
Lass den Flug durch den Himmel im Flügelfalten über dem Nest enden.
Lass die letzte Berührung deiner Hände sanft sein wie die Blume der Nacht.
Steh still, o wundervolles Ende, für einen Augenblick, und sage deine letzten Worte in Schweigen.
Ich neige mich vor dir und halte meine Lampe in die Höhe, um dir auf deinen Weg zu leuchten.

DEN DÄMMRIGEN Pfad eines Traumes ging 62
ich, um die Liebste zu suchen, die mir gehörte in einem früheren Leben.

Ihr Haus stand am Ende einer verödeten Straße. Im Abendwind saß ihr Lieblingspfau schläfrig auf der Stange und die Tauben schwiegen in ihrer Ecke.

Sie setzte ihre Lampe nieder an der Pforte und stand vor mir.
Sie hob ihre großen Augen zu meinem Gesicht und fragte stumm: »Geht es dir gut, mein Freund?«
Ich versuchte zu antworten, aber unsre Sprache war verloren gegangen und vergessen.

Ich sann und sann; unsre Namen wollten mir nicht in den Sinn kommen.
Tränen schimmerten in ihren Augen. Sie streckte mir ihre Rechte entgegen. Ich nahm sie und stand schweigend.

Unsre Lampe flackerte im Abendwind und erlosch.

63 WANDERER, musst du gehn?
Die Nacht ist still und das Dunkel bricht über dem Wald zusammen.
Die Lampen sind hell auf unsrem Balkon, die Blumen alle frisch, und die jungen Augen noch wach.
Ist die Zeit für dein Scheiden gekommen?
Wanderer, musst du gehn?

Wir haben deine Füße nicht gefesselt mit unsren bittenden Armen.
Deine Türen sind offen. Dein Pferd steht gesattelt an der Pforte.
Wenn wir versuchten deinen Pfad zu hemmen, geschah es nur mit unsern Liedern.
Haben wir je versucht dich zurückzuhalten, geschah es nur mit unsern Augen.
Wanderer, wir sind ohnmächtig dich zu halten.
Wir haben nur unsre Tränen.

Welch unauslöschliches Feuer glüht in deinen Augen?
Welch ruhloses Fieber jagt durch dein Blut?
Welcher Ruf aus dem Dunkel zwingt dich?
Welch schreckliche Zauberformel hast du in den Sternen am Himmel gelesen, dass die Nacht mit versiegelter, heimlicher Botschaft in dein Herz trat, schweigend und fremd?

Wenn dir nichts liegt an fröhlichen Gelagen, wenn du Frieden haben musst, müdes Herz, werden wir unsre Lampen auslöschen und unsre Harfen schweigen lassen.
Wir werden still im Dunkel sitzen im Flüstern der Blätter, und der müde Mond wird fahle Strahlen an dein Fenster gießen.
O Wanderer, welch schlafloser Geist aus dem Herzen der Mitternacht hat dich berührt?

64 ICH VERBRACHTE meinen Tag im sengend heißen Staub der Straße.
Nun, in der Kühle des Abends, poche ich an die Tür der Schänke. Sie ist verlassen und zerfallen.
Ein alter, verkrüppelter Ashath*-Baum streckt seine hungrig haschenden Wurzeln durch die klaffenden Ritzen der Wände.

Es gab eine Zeit, wo Wanderer hier einkehrten, ihre müden Füße zu waschen.
Sie breiteten ihre Matten auf dem Hof im trüben Licht des frühen Monds und saßen und sprachen von fremden Ländern.
Sie wachten erfrischt am Morgen auf, wo das Gezwitscher der Vögel sie froh machte und freundliche Blumen ihnen zunickten vom Wegrain.

Aber keine brennende Lampe erwartete mich, als ich herkam.
Die schwarzen Rauchflecken von mancher vergessenen Abendlampe starren wie blinde Augen von der Wand.
Leuchtkäfer schwirren im Busch am ausgetrockneten Teich, und Bambuszweige werfen ihre Schatten auf den grasüberwachsenen Pfad.
Ich bin niemandes Gast am Ende meines Tags.
Die lange Nacht ist vor mir, und ich bin müde.

BIST DU ES WIEDER, die ruft? 65
Der Abend ist gekommen. Die Müdigkeit umschlingt mich wie die Arme bittender Liebe.
Rufst du mich?

Ich hatte dir meinen ganzen Tag gegeben, grausame Herrin, musst du mir auch meine Nacht noch rauben?
Alles hat irgendwo sein Ende, und die Einsamkeit des Dunkels gehört uns selbst.
Muss deiner Stimme Pfeil sie durchschneiden und mich tödlich treffen?

Singt dir der Abend kein Schlummerlied unter deinem Fenster?
Steigen die Sterne mit ihren lautlosen Schwingen niemals hinan zu dem erbarmungslos dunklen Himmel über deiner Burg?
Sinken die Blumen in deinem Garten niemals in den Staub zu sanftem Tod?

Musst du mich rufen, du Ruhelose?
Dann lass die traurigen Augen der Liebe vergeblich wachen und weinen.
Lass die Lampe brennen im einsamen Haus.
Lass das Fährboot die müden Arbeiter heimtragen.

Ich reiße mich los aus meinen Träumen und folge eilig deinem Ruf.

EIN WANDERNDER Narr suchte den Stein der Weisen. Sein Haar war zerzaust, von der Sonne gebleicht und mit Staub bedeckt, sein Leib zum Schatten abgemagert, seine Lippen fest aufeinander gepresst wie die verschlossenen Türen seines Herzens, seine brennenden Augen wie das Licht eines Glühwurms, der seinen Gespielen sucht. 66

Vor ihm brüllte der endlose Ozean.
Die geschwätzigen Wellen plauderten unaufhörlich von verborgenen Schätzen, den Unverstand verspottend, der nicht wusste, was sie meinten.
Mag sein, dass ihm jetzt keine Hoffnung mehr geblieben war, und doch wollte er nicht ruhn, denn das Suchen war sein Leben geworden, –
Wie der Ozean immer seine Arme zum Himmel hebt nach dem Unerreichbaren –
Wie die Sterne im Kreis wandeln und doch ein Ziel suchen, das unerreichbar ist –
So wanderte auch der Narr mit bestaubtem und gebleichtem Haar am einsamen Gestade, auf der Suche nach dem Stein der Weisen.

Eines Tages kam ein Dorfjunge auf ihn zu und fragte: »Sag mir, wo hast du die goldne Kette her um deinen Leib?«

Der Narr stutzte – die Kette, die einst eisern war, war wirklich Gold; es war kein Traum, aber er wusste nicht, wann sie sich verwandelt hatte.
Er schlug sich wild an die Stirn – wo, ach wo, hatte er, ohne es zu wissen, endlich Erfolg gehabt?
Es war ihm zur Gewohnheit geworden, Kiesel aufzulesen, die Kette damit zu berühren und die Steine wegzuwerfen, ohne darauf zu achten, ob sie sich verwandelt hätte; so fand und verlor der Narr den Stein der Weisen.
Die Sonne sank tief im Westen, und der Himmel war golden.
Der Narr ging auf seiner eigenen Spur zurück, um von Neuem den verlorenen Schatz zu suchen, mit erschöpfter Kraft, den Leib gebeugt, und das Herz im Staub wie ein entwurzelter Baum.

OB AUCH DER ABEND kommt mit langsamen Schritten und allen Liedern das Zeichen zum Schweigen gegeben hat; 67
Ob auch deine Gefährten zur Ruhe gegangen sind und du müde bist;
Ob auch die Furcht im Dunkel brütet und das Antlitz des Himmels verschleiert ist;
Dennoch, Vogel, mein Vogel, höre auf mich, lass deine Schwingen nicht sinken.

Das ist nicht das Schimmern des Laubs im Wald, es ist das Meer, das wie eine unheimliche schwarze Schlange schwillt.
Das ist nicht der Tanz des blühenden Jasmins, es ist der gischtende Schaum.
Ach, wo ist das sonnig grüne Ufer, wo ist dein Nest?
Vogel, mein Vogel, höre auf mich, lass deine Schwingen nicht sinken.

Die einsame Nacht liegt über deinem Weg, die Dämmerung schläft hinter den schattigen Hügeln.
Die Sterne halten den Atem an und zählen die Stunden, der bleiche Mond überschwemmt die tiefe Nacht.
Vogel, mein Vogel, höre auf mich, lass deine Schwingen nicht sinken.

Da ist keine Hoffnung, keine Furcht für dich.
Da ist kein Wort, kein Flüstern, kein Schrei.
Da ist kein Heim, keine Ruhestatt.
Da ist nur dein eigenes Paar Schwingen und der pfadlose Himmel.
Vogel, mein Vogel, höre auf mich, lass deine Schwingen nicht sinken.

KEINER LEBT für immer, Bruder, und nichts dauert lange. Halte das im Sinn und frohlocke. 68
Unser Leben ist mehr als der eine Kehrreim, unsre Bahn ist mehr als die eine lange Reise.
Die Musik der Welt ist mehr als dies eine alte Lied des einen Dichters.
Die Blume welkt und stirbt; aber wer die Blume trägt, muss nicht ewig um sie trauern.
Bruder, halte das im Sinn und frohlocke.

Vollkommene Stille muss werden, damit alle Töne zu vollendeter Harmonie sich weben.
Das Leben neigt sich seinem Sonnenuntergang, um in goldenen Schatten zu versinken.
Liebe muss abberufen werden von ihrem Spiel, um Leid zu kosten und zum Himmel der Tränen getragen zu werden.
Bruder, halte das im Sinn und frohlocke.

Wir eilen, unsre Blumen zu pflücken, sonst werden sie geplündert von den eilenden Winden.
Unsre Pulse schlagen schneller und unsre Augen leuchten, wenn wir Küsse haschen, die uns entschwänden, wenn wir säumten.
Unser Leben ist voll Verlangen, unsre Wünsche sind ungestüm, denn die Zeit läutet die Glocke der Trennung.
Bruder, halte das im Sinn und frohlocke.

Wir haben keine Zeit, nach einem Ding zu greifen und es dann zu zerdrücken und in den Staub zu werfen.
Leichten Schrittes eilen die Stunden davon, ihre Träume in den Falten ihres Gewandes verbergend.
Unser Leben ist kurz; nur wenige Tage gönnt es der Liebe.
Brächten wir es mit mühseliger Arbeit hin, es würde endlos lang sein.
Bruder, halte das im Sinn und frohlocke.

Schönheit ist süß für uns, denn sie tanzt nach der gleichen flüchtigen Weise wie unser Leben.
Wissen ist kostbar für uns, denn wir werden nie Zeit haben, es zu vollenden.
Alles wird getan und vollendet im ewigen Himmel.
Aber die Blumen der Täuschung, die dieser Erde entsprießen, hält ewig frisch der Tod.
Bruder, halte das im Sinn und frohlocke.

ICH JAGE NACH DEM goldnen Hirsch. 69

Ihr mögt lächeln, Freunde, aber ich verfolge das Trugbild, das mich narrt.

Ich laufe über Hügel und Täler, ich wandre durch namenlose Länder, weil ich nach dem goldnen Hirsch jage.

Ihr kommt und kauft auf dem Markt und kehrt mit Waren beladen heim, aber der Zauber der heimatlosen Winde hat mich berührt, ich weiß nicht, wo und wann.

Ich trage keine Sorge in meinem Herzen; all meine Habe ließ ich weit hinter mir.

Ich laufe über Hügel und Täler, ich wandre durch namenlose Länder – weil ich dem goldnen Hirsch nachjage.

70 ICH DENKE ZURÜCK an einen Tag aus meiner Kindheit, da ließ ich ein Papierschiffchen schwimmen im Graben.
Es war ein feuchter Julitag; ich war allein und glücklich bei meinem Spiel.
Ich ließ mein Papierschiffchen schwimmen im Graben.

Plötzlich ballten sich die Sturmwolken, Winde kamen in Stößen, und der Regen goss in Strömen herab.
Bächlein von schmutzigem Wasser stürzten und schwellten den Fluss und ließen mein Schifflein sinken.
Bitter dachte ich in meinem Sinn, dass der Sturm nur darum gekommen sei, mein Glück zu zerstören; all seine Bosheit gälte mir.

Der wolkige Julitag währt lange heute, und ich habe nachgesonnen all den Spielen des Lebens, in denen ich Verlierer war.
Ich schalt mein Schicksal für die vielen Streiche, die es mir spielte, als ich plötzlich an das Papierschifflein denken musste, das im Graben sank.

DER TAG ist noch nicht um, der Jahrmarkt nicht zu Ende, der Jahrmarkt am Flussufer. 71
Ich hatte gefürchtet, dass meine Zeit vergeudet wäre, mein letzter Pfennig vertan.
Aber nein, Bruder, ich habe noch immer etwas übrig. Mein Schicksal hat mich nicht um alles geprellt.

Das Kaufen und Verkaufen ist vorüber.
Jeder hat das Seine eingepackt, und es ist Zeit für mich, heimzugehn.
Aber, Hüter des Tores, verlangst du deinen Zoll?
Fürchte dich nicht, ich habe immer noch etwas übrig. Mein Schicksal hat mich nicht um alles geprellt.

Die Stille im Wind droht Sturm, die niedrig ziehenden Wolken im Westen verheißen nichts Gutes.
Das verstummte Wasser wartet auf den Wind.
Ich spute mich, über den Fluss zu kommen, eh mich die Nacht überfällt.
Fährmann, du willst deinen Lohn!
Ja, Bruder, ich hab noch immer etwas übrig. Mein Schicksal hat mich nicht um alles geprellt.

Am Wegrand unter dem Baum sitzt der Bettler.
Ach, er sieht in mein Gesicht mit zager Hoffnung!
Er denkt, ich sei reich durch des Tages Ertrag.
Ja, Bruder, ich hab noch immer etwas übrig.
Mein Schicksal hat mich nicht um alles geprellt.

Die Nacht wird schwarz und die Straße einsam.
Leuchtkäfer glühn im Laub.
Wer bist du, der mir mit heimlich leisen Schritten folgt?
Ach, ich weiß, du möchtest mir all meinen Gewinn rauben. Ich will dich nicht enttäuschen!
Denn ich habe noch immer etwas übrig. Mein Schicksal hat mich nicht um alles geprellt.

Um Mitternacht erreich ich mein Heim. Meine Hände sind leer.
Du wartest auf mich mit ängstlichen Augen an meiner Tür, schlaflos und schweigend.
Wie ein furchtsamer Vogel fliegst du an meine Brust in ungestümer Liebe.
Ja, ja, mein Gott, noch viel ist mir geblieben.
Mein Schicksal hat mich nicht um alles geprellt.

IN TAGEN harter Arbeit errichtete ich einen Tempel. Er hatte weder Türen noch Fenster, seine Mauern waren breit gebaut mit festen Quadern. 72
Ich vergaß alles andere, ich mied alle Welt, ich starrte verzückt auf das Bild, das ich auf den Altar gesetzt hatte.
Es war drinnen immer Nacht, die von Lampen mit duftendem Öl erleuchtet war.
Der endlose Weihrauch umwand mein Herz mit seinen schweren Ringen.
Schlaflos schnitt ich in die Wände fantastische Figuren in labyrinthisch irren Linien – geflügelte Rosse, Blumen mit menschlichen Gesichtern, Frauen mit Gliedern wie Schlangen.
Nirgends war ein Zugang gelassen, durch den das Lied der Vögel, das Murmeln der Blätter oder das Summen des geschäftigen Dorfes hereinkommen konnte.
Der einzige Laut, der von der dunklen Kuppel widerhallte, waren die Beschwörungen, die ich sang.
Mein Geist wurde scharf und unbewegt wie eine Stichflamme, die Sinne schwanden mir in Verzückung.
Ich wusste nicht, wie die Zeit verging, bis der Donnerkeil den Tempel traf und jäher Schmerz mir das Herz durchstach.

Die Lampe sah blass und beschämt aus; die Schnitzereien an den Wänden stierten wie gefesselte Träume mit wirren Blicken in das Licht, als wollten sie sich am liebsten verbergen.
Ich schaute auf das Bild am Altar. Ich sah es lächeln und leben durch Gottes belebenden Hauch. Die Nacht, die ich gefangen hielt, hatte ihre Schwingen ausgebreitet und war verschwunden.

UNENDLICHER Reichtum ist nicht dein, meine geduldige und traurige Mutter Erde! 73

Du plagst dich ab, die Mäuler deiner Kinder zu stopfen, aber die Nahrung ist karg.

Die Gabe der Freude, die du für uns hast, ist niemals vollkommen.

Das Spielzeug, das du für deine Kinder machst, ist zerbrechlich.

Du kannst nicht alle unsre hungrigen Hoffnungen sättigen, aber sollte ich dich darum verlassen?

Dein Lächeln, das überschattet ist vom Schmerz, ist meinen Augen süß.

Deine Liebe, die keine Erfüllung kennt, ist meinem Herzen teuer.

Aus deiner Brust hast du uns genährt mit Leben, aber nicht mit Unsterblichkeit, darum sind deine Augen immer schlaflos.

Seit Menschenaltern arbeitest du mit Farbe und Lied, und doch ist dein Himmel noch nicht gebaut, nur eine trübe Ahnung von ihm.

Über deinen Schöpfungen der Schönheit liegt der Nebel von Tränen.

Ich will meine Lieder in dein stummes Herz gießen und meine Liebe in deine Liebe.

Ich will dich anbeten mit Arbeit.

Ich habe dein zartes Antlitz gesehen, und ich liebe deinen traurigen Staub, Mutter Erde.

74 IM EMPFANGSSAAL der Welt sitzt der einfache Grashalm auf demselben Teppich mit dem Sonnenstrahl und den Sternen der Mitternacht.

So teilen meine Lieder ihre Plätze im Herzen der Welt mit der Musik der Wolken und Wälder.

Aber du, reicher Mann, dein Reichtum hat nichts von der einfachen Größe des fröhlichen Sonnengolds und des milden sinnenden Mondenschimmers.

Der Segen des allumarmenden Himmels ist nicht darüber ausgegossen.

Und wenn der Tod erscheint, bleicht er und dorrt er und zerfällt in Staub.

UM MITTERNACHT sprach er zu seinem Herzen: 75

»Jetzt ist es Zeit, mein Heim aufzugeben und Gott zu suchen. Ach, wer hat mich so lange hier im Wahn gehalten?«

Gott flüsterte: »Ich«, aber des Mannes Ohren waren verschlossen.

Mit dem schlummernden Kind an der Brust lag sein Weib, friedlich schlafend, neben ihm auf dem Lager.

Der Mann sagte: »Wer seid ihr, die ihr mich so lange genarrt habt?«

Die Stimme sagte wieder: »Diese sind Gott«, aber er hörte es nicht.

Das Kind schrie auf im Traum und schmiegte sich eng an die Mutter.

Gott gebot: »Halt, du Tor, verlass dein Heim nicht«, aber noch immer hörte er nicht.

Gott seufzte und sagte traurig: »Warum verlässt mich mein Diener, wenn er mich suchen geht?«

76 JAHRMARKT WAR vor dem Tempel. Es hatte geregnet vom frühen Morgen an, und der Tag neigte seinem Ende zu.

Lichter als alle Fröhlichkeit der Menge war das lichte Lächeln eines Mädchens, das für einen Pfennig eine Palmenpfeife gekauft hatte.

Die schrille Freude dieser Pfeife schwebte über allem Lachen und Lärm.

Ein endloser Zug von Leuten kam und drängte sich. Die Straße war kotig, der Fluss im Steigen, die Felder unter Wasser in unaufhörlichem Regen.

Größer als alle Kümmernisse der Menge war der Kummer eines kleinen Knaben – er hatte nicht einen Pfennig, sich einen bunten Stock zu kaufen.

Seine ernsten Augen, die sehnsüchtig nach dem Laden starrten, machten dieses ganze Menschengewühle so jammervoll.

DER ARBEITER und sein Weib vom Westland sind fleißig, Ziegel zu stechen für die Darre. 77

Ihre kleine Tochter geht zur Landungsstelle am Fluss; da hat es kein Ende mit Scheuern und Schrubben von Töpfen und Pfannen.

Ihr kleiner Bruder, mit rasiertem Kopf und braun, nackt, die Glieder kotbespritzt, folgt hinterdrein und wartet geduldig am hohen Ufer auf ihre Weisung.

Sie geht wieder heim, mit dem vollen Krug frei auf dem Haupt, den blinkenden Messingtopf in der Linken, an der Rechten das Kind – sie, die kleine Dienerin ihrer Mutter, ernst von der Last der häuslichen Sorgen.

Eines Tages sah ich diesen nackten Jungen mit ausgestreckten Beinen sitzen.

Im Wasser saß seine Schwester und rieb mit einer Handvoll Erde ein Trinkgefäß und drehte es um und um.

In der Nähe graste ein weichwolliges Lamm das Ufer entlang.

Es kam dicht heran, wo der Junge saß, und blökte plötzlich laut, und das Kind fuhr auf und schrie.

Seine Schwester ließ ab vom Reinigen des Topfs und lief hin.

Sie nahm ihren Bruder in einen Arm und das Lamm in den andern und teilte ihre Liebkosungen zwischen beiden, mit einem Band der Liebe die Sprösslinge von Tier und Mensch vereinend.

ES WAR IM MAI. Der schwüle Mittag schien endlos lang. Die dürre Erde schmachtete vor Durst in der Hitze. 78

Da hörte ich vom Fluss her eine Stimme rufen: »Komm, Liebling!«

Ich schloss mein Buch und öffnete das Fenster, um hinauszuschauen.

Ich sah einen großen Büffel, das Fell beschmutzt, mit friedlichen, geduldigen Augen am Fluss stehn; und ein Junge, knietief im Wasser, rief ihn zur Schwemme.

Ich lächelte sinnend, und ein Hauch süßen Friedens berührte mein Herz.

79 OFT FRAGE ich mich, wo verborgen liegen des Erkennens Grenzen zwischen Mensch und Tier, dessen Herz keine gesprochene Sprache kennt.

Durch welches Ur-Paradies lief an einem fernen Schöpfungsmorgen der schlichte Pfad, auf dem sich ihre Herzen trafen?

Jene oft getretenen Spuren sind noch nicht verwischt, wenn auch ihre Verwandtschaft vergessen ist.

Doch plötzlich zu irgendeiner wortlosen Musik erwacht das dunkle Erinnern, und das Tier blickt in des Menschen Antlitz mit zärtlichem Vertrauen, und der Mensch schaut nieder in seine Augen mit sinnender Zuneigung.

Es ist, als ob die beiden Freunde sich in Masken treffen und einander unter der Verkleidung leise ahnen.

MIT EINEM Blick aus deinen Augen, schöne Frau, könntest du all den Liederreichtum plündern, der aus der Dichter Harfen tönt! 80
Doch für ihre Loblieder hast du kein Ohr, darum will ich dein Lob singen.
Vor deine Füße könntest du der Erde stolzeste Häupter beugen.
Doch die du erwähltest, deine Geliebten und Angebeteten, kennen den Ruhm nicht, darum verehr ich dich.
Die Schönheit deiner Arme brächte mit ihrer Berührung königlichem Glanze Ruhm.
Doch du gebrauchst sie, um den Staub zu kehren und dein bescheidnes Heim rein zu halten, darum bin ich erfüllt von Ehrfurcht.

81 WAS FLÜSTERST du mir so leise ins Ohr, o Tod, mein Tod?
Wenn die Blumen am Abend ihre Köpfe senken und das Vieh heimkehrt in seine Ställe, kommst du verstohlen an meine Seite und redest Worte, die ich nicht verstehe.
Musst du so freien und werben um mich, mit dem betäubenden Gift einschläfernden Murmelns und kalter Küsse, o Tod, mein Tod?

Wird es denn keine stolze Feier geben für unsre Hochzeit?
Willst du nicht mit einem Kranz deine braun geringelten Locken umwinden?
Ist da keiner, der dir die Fahne voranträgt, und wird die Nacht nicht in Flammen stehn von deinen roten Fackeln, o Tod, mein Tod?

Komm mit dem Klang deiner Muscheltrompeten, komm in der schlaflosen Nacht.
Kleide mich in einen Purpurmantel, fass meine Hand und nimm mich.
Lass vor meiner Tür deinen Wagen bereit sein mit deinen ungeduldig wiehernden Rossen.
Heb meinen Schleier und blick mir keck ins Gesicht, o Tod, mein Tod!

WIR MÜSSEN das Spiel des Todes spielen heut 82
Nacht, meine Braut und ich.

Die Nacht ist schwarz, die Wolken jagen sich mutwillig am Himmel, und die Wogen wüten im Meer.

Wir haben den Pfühl unsrer Träume verlassen, die Tür aufgestoßen und sind herausgekommen, meine Braut und ich.

Wir sitzen auf einer Schaukel und die Sturmwinde geben uns einen wilden Stoß von rückwärts.

Meine Braut fährt auf vor Furcht und Lust, sie zittert und schmiegt sich an mein Herz.

Lang habe ich ihr in Liebe gedient.

Ich bereitete für sie ein Lager von Blumen und ich schloss die Türen, um das zudringliche Licht fern zu halten von ihren Augen.

Ich küsste sie sacht auf die Lippen und flüsterte ihr leise ins Ohr, bis sie halb ohnmächtig wurde vor Sehnsucht.

Sie war verloren in dem endlosen Nebel trunkener Süße.

Sie antwortete nicht auf meine Berührung, meine Lieder vermochten sie nicht zu erwecken.

Heut Nacht ist der Ruf des Sturms aus der Wildnis zu uns gekommen.

Meine Braut erschauerte und stand auf; sie ergriff meine Hand und trat heraus.

Ihr Haar fliegt im Wind, ihr Schleier flattert, und der Kranz, der um ihren Nacken hängt, raschelt auf ihrer Brust.
Der Stoß des Todes hat sie ins Leben geschwungen.
Wir stehen Antlitz in Antlitz und Herz an Herz, meine Braut und ich.

SIE WOHNTE bei den Hügeln am Rand eines Maisfelds, nahe der Quelle, die in lachenden Sprudeln durch die feierlichen Schatten alter Bäume fließt. Die Frauen kamen dahin, ihre Krüge zu füllen, und Wandrer pflegten da zu rasten und zu plaudern. Sie arbeitete und träumte täglich zur Weise des murmelnden Flusses. 83

Eines Abends kam der Fremde hernieder von dem wolkenbedeckten Gipfel; seine Locken waren wirr geringelt wie schläfrige Schlangen. Wir fragten verwundert: »Wer bist du?« Er antwortete nicht, sondern setzte sich an den geschwätzigen Fluss und blickte schweigend nach der Hütte, wo sie wohnte. Unsre Herzen bebten in Angst und wir kamen heim, als es Nacht war.

Am nächsten Morgen, als die Frauen Wasser holen kamen bei der Quelle unter den Deodar*-Bäumen, fanden sie die Türen offen in ihrer Hütte, aber ihre Stimme war fort, und wo war ihr lächelndes Antlitz? Der leere Krug lag auf dem Boden, und ihre Lampe in der Ecke war ausgebrannt. Niemand wusste, wohin sie geflohen war, ehe der Morgen graute – und der Fremde war fort.

Im Maienmond wurde die Sonne heiß und der Schnee schmolz, und wir saßen an der Quelle und weinten. Wir fragten uns in unserm Sinn: »Gibt es in dem Land, wohin sie gegangen ist, eine Quelle, wo sie ihren Krug füllen kann in diesen heißen, durstigen Tagen?« Und wir fragten einander bang: »Gibt es hinter diesen Hügeln, wo wir leben, ein Land?«

Es war eine Sommernacht; von Süden strich die Brise und ich saß in ihrem verlassenen Zimmer, wo die Lampe noch immer unangezündet stand. Als plötzlich vor meinen Augen die Hügel schwanden, wie zur Seite gezogene Vorhänge. »Ah, sie ist es, die kommt. Wie geht es dir, mein Kind? Bist du glücklich? Aber wo kannst du herbergen unter diesem offenen Himmel? Und, ach! Unsere Quelle ist nicht da, um deinen Durst zu lindern.«

»Hier ist derselbe Himmel«, sagte sie, »nur frei von den engenden Hügeln – das ist derselbe Fluss, zum Strom gewachsen – dieselbe Erde, in eine Ebene geweitet.« »Alles ist da«, seufzte ich, »nur wir nicht.« Sie lächelte traurig und sagte: »Ihr seid in meinem Herzen.« Ich wachte auf und hörte das Murmeln des Flusses und das nächtliche Rauschen der Deodars.

ÜBER DIE grünen und gelben Reisfelder fegen die Schatten der Herbstwolken, verfolgt von der rasch jagenden Sonne. 84

Die Bienen vergessen ihren Honig zu nippen, trunken von Licht taumeln und summen sie närrisch durcheinander.

Die Enten auf den Inseln im Fluss schreien vor Freude, ohne jeden Anlass.

Lasst niemanden heimgehn, Brüder, diesen Morgen, lasst niemand an die Arbeit gehn.

Lasst uns den Himmel im Sturm nehmen und den Raum plündern im Laufen.

Lachen schwebt in der Luft wie Schaum auf der Flut.

Brüder, lasst uns unsern Morgen vertun mit unnützen Liedern.

85 WER BIST du, Leser, der meine Lieder heut über hundert Jahre lesen wird?
Ich kann dir nicht eine einzige Blume schicken von diesem Frühlingsreichtum, keinen einzigen Streifen Gold aus den Wolken droben.
Öffne deine Tür und blicke hinaus.
In deinem blühenden Garten pflücke duftende Erinnerungen an die entschwundenen Blumen vor hundert Jahren.
In der Freude deines Herzens magst du die lebendige Freude fühlen, die an einem Frühlingsmorgen sang und ihre frohe Stimme hinaussandte über hundert Jahre.

## Anmerkungen

Zu Gedicht Nummer:

1 Saptaparna (Alstonia scholaris) – Siebenblatt, nach der Zahl seiner quirlförmig gestellten Blätter benannter Baum.
Ashoka (Jonesia asoka), ein dem Shiva heiliger Baum. Es heißt, daß die Berührung eines Frauenfußes ihn zum Blühen bringe.

10 Glückszeichen – Jeder fromme Hindu zeichnet am Morgen nach dem Bad seine Stirn mit dem heiligen Zeichen (pundra oder tilaka), das bei einzelnen Sekten verschieden ist, bald bogenartig, bald kreisförmig, mitunter von drei horizontalen Linien (tri-pundra) gebildet.

14 Kokil, Koīl (sanskr. kokila) – der indische Kuckuck (Eudynamis orientalis), der sehr schön singt.

16 Henna (aus dem Arab. hina) – Blattpflanze (Lawsonia inermis). Der rote Saft wird zum Färben der Handteller und Fußsohlen verwendet.

17 Kusm, sanskr. kusumbha – der Name für echten Safran (Crocus sativus) und unechten (Carthamus tinctorius). Aus den Blättern des unechten Safran wird ein roter Farbstoff gewonnen.
Kadam, sanskr. kadamba (Nauclea cadamba) – ein Baum mit orangefarbener duftender Blüte.

64 Ashath, sanskr. aśvattha – eine Feigenbaumart (ficus religiosa), die heilig geachtet wird wie der

für Indien charakteristische vata (Ficus indica, die sog. Luftwurzelfeige; vgl. Gedicht 13). Der Ashvattha schlägt Wurzel in die Spalten anderer Bäume, in Mauern und Häuser, und zerstört sie.

83 Deodar (devadāru, eigentlich Götterbaum) – eine Kiefernart (Pinus deodora). Nach Wilson bezieht sich dieser Name in Bengalen auf Uvaria longifolia. Pinus deodara wächst in einer Höhe von 2.000 bis 3.500 Meter ü. M.

*Vom gleichen Autor im Werner Kristkeitz Verlag:*

Meine Lebenserinnerungen
ISBN 978-3-932337-30-7

Hohe Lieder (Gitanjali)
ISBN 978-3-932337-18-5

Im Garten der Gottesliebe
112 Gedichte des indischen Mystikers Kabir (15. Jh.)
nach der Übersetzung von Rabindranath Tagore
ISBN 978-3-932337-17-8

Sadhana – Der Weg zur Vollendung
ISBN 978-3-932337-15-4

Persönlichkeit
ISBN 978-3-932337-40-6